时间书

高英英◎著

"六棱石"丛书　大解◎主编

花山文艺出版社
河北·石家庄

图书在版编目（CIP）数据

时间书 / 高英英著. -- 石家庄：花山文艺出版社，2024.10

（"六棱石"丛书 / 大解主编）

ISBN 978-7-5511-1798-2

Ⅰ．①时… Ⅱ．①高… Ⅲ．①诗集－中国－当代 Ⅳ．①I227

中国国家版本馆CIP数据核字(2024)第095441号

丛 书 名：" 六棱石" 丛书
主 　 编：大　解
书 　 名：时间书
　　　　　SHIJIAN SHU
著 　 者：高英英
选题策划：郝建国
出版统筹：王玉晓
责任编辑：王　磊
责任校对：李　伟
装帧设计：陈　淼
出版发行：花山文艺出版社（邮政编码：050061）
　　　　　（河北省石家庄市友谊北大街330号）
销售热线：0311-88643299 / 96 / 17
印　　刷：保定市正大印刷有限公司
经　　销：新华书店
开　　本：787mm×1092mm 1/32
印　　张：6.25
字　　数：100千字
版　　次：2024年10月第1版　2024年10月第1次印刷
书　　号：ISBN 978-7-5511-1798-2
定　　价：46.00元

（版权所有　翻印必究·印装有误　负责调换）

总序：辨识度，是衡量一个诗人价值的绝对尺度

大解

在当代诗人中选出六位辨识度极强的诗人，是件有意思的事情。

本套丛书共收录谢君、曹五木、李志勇、李双、泥巴、高英英六位诗人的诗集，花山文艺出版社社长郝建国将其命名为"六棱石"丛书，寓意来自天然水晶的形态。水晶是六棱的透明的宝石，坚硬，清澈，棱角分明，每个侧面都在闪光。把六位诗人集结在一起，是缘分也是必然。他们的诗歌个性鲜明，在诗人群体中闪烁着不一样的光芒，这令我印象深刻，因此选择了他们。

现代诗经过百年的不断探索，跌宕起伏走到今天，已经进入了静水深流的平稳期，有信心、有能力的诗人们潜心于创作，产出了许多优秀的作品，并成为汉语文学中的重要收获。同时也必须承认，由于诗歌潮流的巨大惯性，诗人们在大致相同的历史语境下，创作取向明显趋同，同质化写作已经引起了人们的警觉和有意回避。如何在群体中确立自己的独特话语体系和精神面貌，彰显出个性，已经成为少数

探索者的努力方向。在这样的写作背景下，作为一个诗人，作品的辨识度变得尤为重要，甚至成为衡量一个诗人存在价值的绝对尺度。

当下优秀的诗人和诗歌作品，可以拉出一个长长的名单，但我从众多的诗人中挑选出谢君、曹五木、李志勇、李双、泥巴、高英英这六个人，我看重的就是他们独特的诗歌特质、极具个性的辨识度。我关注他们的作品已经很长时间，有的几年，有的二十余年，最终把他们集结在一套丛书里，介绍给读者，也算是完成了一个心愿。下面我单独介绍这六位诗人。

谢君　解读谢君的诗，需要关注两个向度，一个是当下现场，即具象的现实世界；另一个则是跟随他进入历史的云烟，一再复活那些消逝的岁月。他在当下事件与过往经历的纠缠拉扯中，总是略有一些倾斜，为回归历史预留下较为宽阔的空间，并且多层次、多角度地深入每一个具体的瞬间，甚至在细节中抽出一些多出来的东西，而那些多出来的东西也许就是诗的灵魂。他似乎从每一个事件的节点都能找到回归往昔的路径，而且越走越深，越走越远，直至将个人的经历扩展为大于自身的时代梦幻，乃至构成漫无边际的生存背景。而这些构成他精神元素的东西并非谢君所独有，那是一个无限开放的空间，谁也无法封存人类共有的资源，甚至谁都可以挖掘和索取，可惜的是，健忘症已经抹去了无数人的记忆，只把那些有价值的东西留给少数人，而谢君恰好在此找到了属于自己的语言路径。他自由往返于个体记忆与集体记忆之间，把历史默片制作成具有个人属性的有声专集，在这专集里，他是主演，同时也是旁观者，他亲历、记录、发现，他用自身代替了一个庞大的群体，在独自言说时收获了历史的回声。在他的语言世界里，有刺痛，有忧心，有焦虑，有绝望，也有希望和百折不挠的生命力。而在表现方式上，我非常喜欢他的言说语气，他的叙述似乎带有迷惑性，具象而又迷离，跟随他的诗行，你会感受到他的体重，他的艰难，他负重的脚步……他像一个殉道者踏着荆棘在寻找精神的边界。他的诗，总是在向上拉升的同时，显示出反向的沉沦和历史的重力，并以此提醒人们注意这个世界的复杂性。

曹五木　我认识曹五木二十多年了，最早给我震撼的是他的一本开本极小的口袋书《张大郢》，虽然只是自印的一本小册子，但是这本诗集的冲击力让我至今难忘。他的放松、自由，甚至野蛮、无拘无束的书写方式，也可以说没有方式，他想怎么写就怎么写，其大胆而纯粹的诗性叙述，就像在荒原上开出一条先河。此后，我一直跟踪关注曹五木的诗，也看到他的一些变化。《张大郢》是一个完整的寓言，而收入诗集《瓦砾》中的诗，则是他多年的作品结集，时间跨度二十多年，他把寓言打成无数个碎片，通过每一首诗呈现出不同的人间世相，或者是精神幻象。他的视角往往是经过多重折射甚至是弯曲的，因而他的诗无论是清澈还是混浊，都已经穿透现实并且脱离了事物的原意，呈现出飘忽的不确定性。而在他独特的表述中，语言总是自带光环，散发着迷人的光晕。更难能可贵的是，他紧贴地面的写作姿势，给他的寓言建立了现实的可靠性和合法性，仿佛神话与生活原本就是一体，至少是同步。他总是毫不掩饰地把当代性埋伏在具象的精神肌理中，看似已经沉潜，而心灵时刻都在飞翔，而且带着原始的、本能的冲撞力。在曹五木的诗中，你能看到他的经历，也能感到他所构筑的语言世界，以多重幻象回应着现世，而他在现实与非现实中游走自如，仿佛地心引力只是一个假设，并非真的存在。

李志勇 我跟踪李志勇的创作已经将近二十年，在这个千帆竞技的时代，他的诗是个异数。他与所有人不同，以其独特性确立了自己卓尔不群的艺术风格。通俗地说，没有人像他这样写诗。他的客观、冷静、安宁、纯净，几乎到了"令人发指"的程度。他忽视了时间和急速流变的过眼云烟，把慢生活写到了静止的程度，仿佛处在一个凝固的世界。他本身就像一个静物，与周围的山川、河流、石头、雨雪、树木、一花一草和谐共居，并专注于对远近事物的凝视和书写。他异于常人的观察和理解世界的方式，他的角度，他的想象力，他的略显笨拙的语言表达方式，他的行文风格，他的不可模仿和复制性，都让人着迷。诗坛上只能有一个李志勇。就凭这一点，他可以骄傲地把脚翘到桌子上写作，而不必受到指责。

李双 关注李双的诗，不超过一年的时间，一次偶然在微信中发现了他的诗，一下子就被他迷住了，此后便盯住了他。让我说出李双诗歌的特征是费力的，他几乎是一个无法把握和定性的诗人。在他的笔下，即使是一首单纯的诗，里面的向度也是多重穿透并且相互交织的，其复杂程度不亚于一个不断被重组的梦境，模糊而又失序，却散发着神秘的气息。他试图用梦境笼罩现实，或者说把现实拆解为碎片并提升到高空，让每一个失重的物象独自发光，并在混沌中构成一个星移斗转的小宇宙。寓言帮助了他，允许他任意使用世间所有的元素而不用考虑其合理性，他自己就是制度和法官，同时也是语言的暴力僭越者，在诗中逃亡。他的诗是抓不住的，有些甚至是不可解的。我不愿像统计师那样条分缕析地去梳理他的现实和精神脉络，以求得出一个正确的答案。他的诗可能是不正确的典范，会让那些循规蹈矩的人们穷经皓首也得不到要领，因为他的诗歌出口太多，每一条路径都通向不可知的去处，恐怕连他自己都会迷路。读他的诗，我总有一种突兀感和撞击感，似乎是对常理和语言的冒犯，但又无可指摘。我惊异于他的胆量和独一无二的表现方式。如果不考虑沉潜和谦逊，李双可以举着大拇指走路，作为一个孤勇者，他可以目不斜视。

泥巴　一次偶然在微信中读到泥巴的诗，然后搜索到他更多的诗。此前，我并不了解这位诗人，后来我通过朋友圈联系到他，并向他约稿。正如他的诗集名字《我在这里》一样，泥巴的诗写的是这里、此在、当下、正在发生的事件。他所说的这里，其范围甚至小到具体的教室、居所、卧室、最亲的家人，包括他自己。他没有波澜壮阔的生命经历，没有英雄事迹，他就是生活在上海的某个小区里的一个普通人，每天上班下班，家居生活，吃饭睡觉。他的诗写的就是这些普普通通的生活，语言也不华丽，情感也不激荡。苦和累，疾病和健康，幸福和不幸，都被他作为命运的安排和赐予，平静地全盘收下，无欣喜也无悲伤。他的诗，平静、安然、温馨、豁达、感恩，一切都是那么亲切和真实。他的在场性抒写是与生活同步的，既不低于现实也不高于现实，却大于现实，成为一个人的心灵档案，甚至构成一个人的命运史诗。我喜欢他诗中的真、实、坦然、毫无修饰的复印般的详细生活记录，他的自言自语，他的小心思和大情怀……他以囊括一切的怀抱，几乎是把生活原貌搬进了诗中，朴素、自然、平和，春风化雨般了无痕迹，在个人的点点滴滴中露出一个时代的边角。他的创作实践，让我们知道，诗歌可以像空气一样包裹万事万物，一切都可以成为诗。或者说，泥巴给了我们一个写作范式，生活本身就是诗，语言所到之处，泥土和空气也会发光，万物在相互照亮。

高英英 接触到高英英的诗，是近两年的事情。她是河北诗人，虽然我们居住在同一座城市，但我此前对她并不了解，也缺少关注。直到有一天，我在微信上偶然读到她的诗，也就是诗集《时间书》中的第一辑"长歌"中的一部分,《鲲鲟》《神造好一座山》《不周山》《济之南》《泰山》《长安》《煮海》《一天》等,读后我沉默了许久,有一种被惊到的感觉,很难想象这些诗出自一个年轻诗人之手。我见过高英英两三次,都是在文学活动中,印象中她是一个文静内向的女子,很少说话,几乎没有存在感,没想到她的诗竟然是如此奇崛,高山大海,波澜壮阔。她的这些诗"胆大包天",穿过现实直奔寓言和神话,她仿佛是创世主的一个帮手,在语言世界中对山川风物进行了再造和升级,成为一种耸入云端的精神存在。中国传统文化中有许多古老的元素,像种子一样沉淀在我们的文化基因中,只有获得息壤的人才能拓展土地的边疆并让万物发芽。在创世语境中,神话没有边界,语言大于现实,并且随意生成,不存在禁忌,所写即所是。但是高英英并非一直沉浸在神话中,而是拍了拍手上的泥土,收工了,不干了。像神脱掉光环,显现为肉身,高英英选择从太古的幻象中抽离,又回到现实世界中,直面日常琐事,成为一个职员和家庭主妇。她的《银行到点就关门》等书写日常生活的诗篇,让我们看到一个普通人的一面。这也是她的多面性。高英英的诗还在不断变化中,我相信她有能力走得更远。

以上这些是我根据自己的阅读感受和理解做的一些短评，难免有谬误或偏颇之处，好在读者自有其评判尺度和标准。谢君、曹五木、李志勇、李双、泥巴、高英英这六位诗人的诗，风格各异，创作路数完全不同，每个人都是不可替代的，也都是我看重的诗人，今后我还将继续关注他们的作品。我知道，汉语诗坛上具有个性的诗人何止这六人，这套"六棱石"丛书只是一个发现和推送的开端，今后若有机会我愿向读者推荐更多的诗人和作品。

2024 年 3 月 10 日于石家庄

自序
高英英

　　这本诗集收录了我写诗以来的一百四十余首作品。关于诗歌的概念前人已经说了很多，各有各的道理。我不愿意轻易把它限定在一个概念或者范围中，而愿意在一些作品中做一种尝试，比如在写作时按照地理的维度构建诗歌。历史与地理存在着转化关系，每件过去的事都会落定到一个特定的地域，保存在叠摞的土层里、古老的名字里或当地流传的故事和传说里。在大地上漫游，就是在广阔的历史中漫游。

　　在留存的这些文化信息中，有些是真实发生过的事，有些是衍生出来的神话或者传说。考古学家在厘清这些虚幻与真实，但是我认为在诗歌中没有必要做区分。存在即合理，所有神话传说都是建立在特定的文化心理之上的，在某种意义上比真正发生的事更具有文化特质。我认真体味这些充满创造力和想象力的故事，被强烈吸引后，以至于不自觉加入并成为其中一员，记录下属于我自己的想象世界。当我还是个孩子，常常整日地沉浸在自己的幻想中乐此不疲；长大以后却变成了一个枯燥乏味的大人，是诗歌帮我回归童真。但是这想象又是一种真实，我甚至可以说出哪首诗写的是什么地方、什么山，每一处都蕴含着我对它们强烈的感情。但是诗歌一旦生成，它就不再属于原先的地域，而成为独立的存在。

诗集中的另外一些作品，记录了我近几年的生活、工作，包括女儿的成长、家人的离去、故乡的回忆，等等。这些诗作感情比较浓厚，带着我不同阶段文字的特征。我最开始写诗的时候，对诗歌没有任何概念，凭着自己浅薄的想法，认为应该写得短小精悍、句子优美。现在我对这些作品有了不一样的感受，但是看到诗歌背后当初那个天真且深情的自己，便也不愿意将这些文字随意丢弃。

写诗到一定阶段，都必须依赖一定的理论资源，而我所凭借的东西，可以说全从古典文学和文论中来。以前读到那些名词，只觉得含混不清不知所云，自从我写诗以后，所谓"神思"，所谓"悟入"，所谓"文气"，好像都从概念变成了切身的体验。有一句古话叫"光说不练假把式"，如果这辈子没有写诗，从前学的那些东西不过是纸上谈兵，那将是多么遗憾。这并不是有意为之，我的学业并不扎实，但是那些东西好像成了一种底色，不知不觉产生着影响。我读的古诗也不算多，但我觉得一首好的律诗，与现代诗也许并没有特别的不同。拙劣的诗人会为对仗怎么工整而绞尽脑汁,而天才已经利用意象的拼贴和跳跃实现了诗性的创造。古典诗文中有着我们挖掘不尽的资源,难的地方在于学习什么、摒弃什么并不容易把握。而对于西方现代诗歌的缺失我也逐渐通过阅读来弥补,虽然现在所读的仍然不多。

由于我的创作时间有限,下笔比较慢,这些文字加在一起看上去有点儿散乱不成系统。有时候想到一个好的主题,想着沿着这个思路多写几首,但是被工作或者家中杂事打断就无法继续,再提笔往往找不到当时的感觉了。

这本诗集得以出版,有赖于大解老师对后辈的关爱和花山文艺出版社对作者的支持,在此致以深深的谢意。

目录

第一辑　长歌

鲲鲟 / 003

神造好一座山 / 004

不周山 / 005

济之南 / 006

长卷 / 007

泰山 / 008

长安 / 009

春风里 / 010

煮海 / 011

一天 / 012

月色 / 013

驯化 / 014

人间世 / 015

山中一日 / 016

琼莲 / 017

夜之歌 / 018

第二辑 慢香

履历表 / 023

慢香 / 024

回乡记 / 025

正定　正定 / 026

乔木 / 027

桐妮说 / 028

银行到点就关门 / 029

静想 / 030

一个清晨 / 031

落叶赋 / 032

画月亮 / 033

我 / 034

生活美学 / 035

失语症 / 036

瓮中记 / 037

西望鼓山 / 038

反训 / 039

路 / 040

轨迹 / 041

第三辑　偏爱

慢时光 / 045

春分 / 046

烦恼丝 / 047

掌纹 / 048

七楼楼顶　十月的风 / 049

梨花百年 / 050

花落 / 051

乡音 / 052

等火车 / 053

儿童社交生活 / 054

月光曲 / 055

大雨前后 / 056

止痛片 / 057

辅助线 / 058

多年以后 / 059

野草的花园 / 060

观音堂 / 061

迪拜理发馆 / 062

偏爱 / 063

一只桃子或其他 / 064

第四辑　回放

麦田 / 067

微辣 / 068

老姨 / 069

开放式办公 / 071

药师柜 / 072

中药罐 / 073

鼓山下 / 074

回放 / 075

夜晚，某一个瞬间 / 076

为一条河命名 / 077

消费时代 / 078

目送 / 079

北风 / 080

卧佛山 / 081

剥离 / 082

立冬日，大雪 / 083

银杏 / 084

歪子叔 / 085

第五辑　小唱

小唱 / 089

时间线 / 090

爬山 / 091

假妈妈 / 092

胶片 / 094

奇怪的知识又增加了 / 095

新年祝福 / 096

喇叭 / 097

拟挽歌 / 098

练习 / 099

矿工 / 100

地上和地下 / 101

天长镇 / 102

最后告别 / 103

如果有一天 / 104

称重 / 105

睡眠诗 / 106

穿衣服 / 107

贺卡 / 108

记事本 / 109

教女儿下象棋 / 110

施工 / 111
水鲜城雪景 / 112
倒刺 / 113

第六辑　时间书

彩虹 / 117
瓶子 / 118
混合 / 119
抒情似累赘 / 120
潮汐预警 / 121
传送门 / 122
等高线 / 123
时间书 / 124
一群人在赶路 / 125
造一座房子 / 126
八岁半 / 127
三个梦 / 128
老村旧事 / 129
致我的爷爷 / 131
路痴 / 132
大明湖 / 133
送别 / 134

三年 / 135

阳光 / 136

纷纷 / 137

泥土的旅行 / 138

太行 / 139

磁州窑 / 140

传说 / 141

女娲 / 142

大顶盘 / 143

石头也在生长 / 144

响堂 / 145

大禹 / 146

社栎树 / 147

中元节抒怀 / 148

上班路上 / 149

小别离 / 150

植物之诗 / 151

石家庄 / 152

小沙漠 / 154

沙滩上的新世界 / 155

孤独图书馆 / 156

虫声 / 157

果树 / 158

风筝 / 159

中元节致我的爷爷 / 160

躯壳 / 161

区分 / 162

济南 / 163

一船明月到沧州 / 164

朗吟楼 / 165

南川楼 / 167

清风楼 / 168

诗经村 / 169

捷地减河 / 171

面花 / 173

寒鸟图 / 174

轻盈 / 175

第一辑　长歌

鲲鹋

遥远的北方
有一只鲲鱼想飞
因为海水太狭小了
它真的变成鹏鸟
从北飞到南

时间又过了许久
它必然已厌倦
从海里看着天
和天上看地下
实在没什么不同

我既没见过这样的大鱼
也没有见过这样的大鸟
但是我不能否认

海岛凸起的弧线
恰似大鱼的脊背
而陆地如果愿意
随时会腾空而起

神造好一座山

消灭山最好的方法不是搬走
而是用泥土填满所有的沟壑
所以神造好一座山
就安下一条河

有人执意想消灭一座山
并不是和它有仇
而是事物之间注定要相互抵消
或相互磨合

日复一日
太阳把山峰的影子投入水中
北方的平原在宿命中悄悄移动
山峦静默
水流得那么认真

不周山

关于争斗和破坏有很多种说法
而重建必然有赖于一位女神

在一片混沌中缝补天空,在预定的轨道种下日月星辰
山峰和水流各自聚集,搅动不安的大地慢慢成形

没有人知道她哪来这么大的力气
北方的圣人还没出生,所有故事都语焉不详

布置好她能想到的一切,就在没人的地方休息
像一位疲惫的母亲

济之南

早年在齐鲁之间
黄河和济水打了一架
这两个顽皮的家伙
一个赖着不走
一个再也找不到

一条闪光的大河
说没就没有了
河边上的城市、支流和矮山
都不知如何是好

一个胡子最长的智者
想出了好办法
于是有人散出消息
济水潜于地下
仍日夜不息

长卷

左手慢慢打开
右手逐渐闭合
能容纳的人和事
只有手臂张开这么多

天地有大美
时光巍峨
不经意就从引首读到跋尾

一个人在山水间迷了路
不一定非要走出来
一些彩云趁势飞走
也不必悉数收回

泰山

济南南部的山脉与泰山相连,或许归一位神仙
　管辖
我们乘着绿皮火车,一路开到泰山脚下

天已经黑了,根本看不清泰山的模样
点点灯光沿着小道攀缘
这时,如果你站得足够高、足够远
就会看到一串星星,往天上飘浮

最后也没看到期待中的日出
一夜的疲倦和寒冷仿佛落了空
但我仍然记得那个夜晚:
潺潺的水声向下,袅袅的星光向上

泰山神隐秘而缄默
我们穿过无数重青山
一起送星星回家

长安

那是很久以前的事情了
长安城满是秋风
河水沉静而明亮,像一片巨大的金属

十万名妇女借捣衣之名
彻夜敲打月光

她们是如此尽责,声音直传到塞外
百万名征夫为此不眠

那时我还没有出生
我的一位祖先目睹了这一切

秋风一遍遍吹过,砧和杵都不知所终
而月光够冷,够薄,够轻
随时准备回到天上

春风里

春风里,一些小小的风筝在练习飞行
长大的那些总想摆脱牵绊
向着高处飘啊飘

从天上到地下,白云是一片中间地带
那里有断了线的风筝
也有等待降生的人群

煮海

写下月色,写下青山
写下万亩松林和一片细软的沙滩
让爱情在此上岸

写下大海,在深处储满黑暗
写下相思,再用利剑斩断

用一支笔,掀起万顷的波涛
用一口银锅,模拟人世的煎熬

在这样的故事里,谁的名字都只是陪衬
热浪过后,留下满地的盐碱

一天

四月的天空是湛蓝的草地
神在这里放牧羊群

多么悠闲的一天
不需要谁去主宰,各自寻找各自的快乐

一年中难得有这样的日子
从西边山峰缺口处,到东边大河的尽头
平原上所有的子民都没有祈祷

太阳温驯、万物生长
一切漂泊的事物得以在大地安身
不需要谁开口

月色

月亮何其大,天空多么小
人生何其短暂,而夜晚如此漫长

白天沉默的人,晚上更不会说话
所以这世上纵然有疑问,也没有回答

无边的月色啊,我并不孤单
曾有人密语,托我看守这整夜的虚空

如果有人在黑暗中启程
就把月光调亮些

这是项秘密的任务
但我习惯了扮演这样的角色,如今已游刃有余

驯化

这一方土地已经被麦子占领
梭梭草、拉拉秧、马生菜都没有这种待遇

修建专门的水库和渠来保证水源
顶着大太阳给它施肥除虫
我不知道有几亿人围着它打转

麦子是这土里的统治者
金黄的麦浪像皇冠一样骄傲

人类的历史上写着
多少多少年前,我们驯化了麦子
天知道,即使人类灭绝
也阻挡不了麦子

人间世

一群人在大地中央造房子
用泥巴、石头和砖
他们彼此都是亲戚

这是一件大事
有人指挥,有人施工,有人做饭
井然有序

地上的房子逐渐增多
但是造房子的工作不会停止
除了人在变多
还要提防造好的房子会突然消失

你知道的,人可以反复经过一个地点
却不能回到同一时间
我每次路过,都看到不同画面

先是用泥巴,后来用砖头
房子越造越高
地球的半径因此大了一圈

山中一日

如果一座山足够炽热
下落的日头将在此融化
变成一万里可以触摸的彩霞

交织的鸟鸣即将点亮满天星斗
我在一眼清泉的引导下
与石头交换时间的秘密

不能贪心,山中一日已经足够
山路低回,草木、暮云都与人相亲
我带走一些山泉水,留下一些回声

琼莲

去爱一个人
不管是书生还是樵夫
只是女主角不想独自
扛起一路上所有的荆棘

没有那对向而来的一腔孤勇
我情愿这是一个半途而废的故事
你听
他走过来的每一步
大海都随之澎湃

夜之歌

临街的地方从不安静
年轻的城市需要用夜晚
来抑制胸肺中隐隐的轰鸣
静止或游走的灯
编织并且拆除空间的经纬线
总有崭新的楼房在拔节成长
总有粗粝的路面摩擦前进的车轮

靠着一扇窗户
能看到城市的一部分
同时失去了另外一部分
有时听到不可触摸的声音
像玻璃的破碎或铁的敲击
必然来自看不见的部分

只有在从没去过的地方
才能和被取消的事物偷偷相逢
你的身体里有河流、火山和湖泊
有动物、植物和其他生灵
银河也在这里流动
遭遇悬崖、黑洞和陷阱

事物不断聚集
在黑夜的牵引下狂奔
直到天色朦胧
太阳将裸露的阴影全部夷平

第二辑　慢香

履历表

如果一张纸能装下一生,我希望我这张小之又小。
小到只剩下一个格子。

我要在那里写着:我是孩子的妈妈
也是妈妈的孩子。

慢香

如果味道有脚,会走得非常慢。
所以异乡没有妈妈的味道。

如果脚印能种下。在交错的时空里
妈妈的森林,已密密麻麻。

回乡记

麻雀吵闹,凉风扑打在湿脸上,
新长的柳芽在清晨返潮。

我的眼睛也一样。这个清晨
我路过一个叫家的地方,
蜿蜒的公路是剪断的脐带。

正定 正定

滹沱河的波涛拱卫着城墙叠进的曲线。

残阳如血,打在门洞里的光
弯折在那些车辙和蹄印里。

常山的战鼓声响起,又被夹道里的风吹散。
古城抬起臂弯,掬一捧岁月在手心——

正定 这名字如今只属于一个温暖的小城。
我登高远望的时候,有通透的风来自天际。

乔木

只有在冬天,才能遇见北方
我坐在窗前的阳光里
翻看女儿过去的相册
一棵小树在身边缓缓长高了
总有一天她会转身离开,越走越远
我在树下等着她从另一侧
跑回我的身边
等待中的每一年
都会和北方相遇
下雪了
我和一株落光叶子的乔木
一起白了头

桐妮说

我出生以前有爸爸
爸爸出生以前有爷爷
我们都没有出生以前
谁替我们看着家?

姥姥生了妈妈
妈妈生了我
等我长大以后
我是谁的妈妈?

银行到点就关门

银行到点就关门
然后我们就一边轧账　一边
大声说话
消解一天的疲倦

那个穿白色上衣的瘦老头儿
几个月都没来了
还真是　时间长了你就会明白
好久没来　可能就不会来了

系统里增加了一项新功能
可以把人的身份信息标注为死亡
这个功能我一次也没用过
因为走了的人　往往来不及告别

静想

无边无际的时间迟缓而安静。在近旁的湿地和
　　裸滩路过,
我写下过多的文字,却无法记录这里任何一种
　　鸟鸣。

潮水慢慢退去,留下一地破碎的天光。
我一动不动时,忘了自己是一丛芦苇,一只勺
　　嘴鹬。

夜来了。寂寥在暮色中升起。我放下所有的心
　　思,背靠着海。
呆呆地凝望着天上的星星……

一个清晨

一只鸟唱了一声啁啾,随后有上百句回应
灿烂的声线在黑暗里,织成一匹蜀锦

它们彼此交谈,争吵,接吻
又在窗外的隐蔽之处分手

白色的墙壁逐渐亮出枯燥的本质
大地连一片闪光的羽毛都没有留下

一切美好的东西都不能赠予
我拾起剥落的外壳,反复打磨

落叶赋

每片叶子有自己的疆域
流淌着浩荡的水系

每片叶子都是翅膀
被天空照亮的一片羽翼

我把落下的叶子攥在手心
一只手就握住了天空和大地

画月亮

用爆浆的葡萄晕染的手指
涂一些靛蓝色
从深秋冷却的白桦树干上
采一些银灰色
这样就有了足够的成熟和足够的冷漠

如果还有什么
那就坐在逆光的窗前
看光芒穿过微尘
看微尘铺满画布

不可避免的灰尘
是画上的钻石粉末
是喉咙里的微甜

我

一天中最好的我交给工作
回家之后交给孩子
把针插进每一道缝隙
用剥落的碎片码成字

夜晚的八个小时
我把割裂的自己
细细缝合
然后在黑暗里游啊游
必须在天明前上岸
以免成为一个溺水的人

生活美学

荷尔德林说诗意栖居
海德格尔把它写进哲学
我把这句话随身携带十年
依然无处安放

生活是群鸟争食
但还有人独来独往
高傲得像一只鹰隼

失语症

面对庞大的事物
我总是失语
比如一座城市的寂静和忙碌
每天把新闻里的数字听了又听
和世界的疼痛保持虚拟的联系

有人用雪的洁白覆盖整个天空
替众人把苦难轻轻托举
这其中有我的亲人和朋友
每一帧画面都有滚烫的泪滴

而属于我的只有等待
作为这个城市的小小末端
我依然找不到合适的语言
描述窗外的雾霾
而避免把雾霾的蓝
过度渲染

瓮中记

存在即合理
遇险时撤出平地　躲进森林
是与生俱来的自然习性

闭门不出的日子
我是困在北方严寒里的
一只松鼠
时而虔诚　时而忙碌
如果大风雪降临
就躲进一棵乔木
乔木长高一分
春天就近了一分

西望鼓山

一些房子因破败而消失
陌生的街道有些许无措
仔细盯着近旁的路人
唯恐错过熟悉的身影
打开自家的大门
却引来邻居警惕的目光

回到老家,离它更远了
西边的鼓山,在时间的重压下
矮了许多

反训

三岁的女儿说:
乖就是坏,每回我捣乱
你都大喊一声
乖!

她戳破了我的凌乱
正如我识破这世界的荒谬
也许我们应该多出一些怜悯——
每一个汉字都有自己的痛处

路

我总是相同的时间出门
走相同的路
也许每天擦肩而过的
是相同的陌生人
路有时很宽,像沃野千里
有时又很窄,如一道犁沟
每当夹在人流里
走得缓慢沉闷
我猜想,是因为犁刀入土太深

轨迹

把相貌和名字剥离，只留下编号
把身高和体重剥离，缩减成一个原点
把语言和表情剥离，仿佛人生而灰暗
把家人和工作剥离，往返间只构建一条曲线

把一日三餐和隐忍的胃病剥离
把满身的疲倦和委屈的泪水剥离
这样一个人就变成了一条轨迹
然后去揣测，去诋毁，去谩骂
而不必心有不安

第三辑　偏爱

慢时光

把时间研磨,用指尖敲碎
只剩这一分一秒

脑袋不堪重负,必须用手托住
一整天

好像什么都没想,只是从八点开始
就期待九点的阳光,照进我的房间

春分

骤然间一场春雪
然后是半晌阳光
窗外的桃花飘落处
仍有晓风吹奏的余音

这是春天里一个平常的日子
严酷恰如其分,温暖也恰如其分
若心中生出一些凉凉的思念
也一样恰如其分

旧日的欢愉就让它流逝吧
风干的回忆才容易保存
此刻我静静坐着
像一架喑哑的琴

烦恼丝

找一家破旧的理发店
倾听修剪头发的声音
如果小小的头发丝里都能
产生许多的分歧和断裂
世上的纷乱与荒秽
就是可以理解的
你需要的只是片刻的宁静
和一次带刃的取舍

掌纹

我用手抚过三月的麦苗，
压断五月的麦芒
又被六月坚韧的草茎割伤
扒开九月的玉米皮
撒下十月的种子
一层薄薄的茧子
在小手上悄悄生长

每一年的庄稼收割后
长长的根须仍在地下结网
如果我把手插进土里
这些年加深的掌纹能不能
把断开的时间线
再次连接上

七楼楼顶　十月的风

那些大树只露出摇摆的树梢，
像一蓬野草。

固执的建筑纹丝不动。窗棂上反射的阳光
嗡嗡作响。

起风的日子朋友说我太瘦，不宜出门。
于是把一杯中药慢慢咽下，咂出香味来。

梨花百年

一片皑皑的云
把粗壮的枝干压弯
三百年的因果开出了花
任时光剥落
玄铁一样的铠甲

霞口镇旁的运河上
已没有货船经过
三百年的梨花飞向天空
与又一世的看花人
再次擦肩而过

花落

花落的地方
没有结下果子
但是开花这件事
我想让你知道

乡音

房子没有人
只是静物
如果再破败些
就是遗址
裸露的管道和疯长的野草
是这儿新的主人

成百上千的外来者
曾在这里聚集
各种婉转绵柔的方言
形成一种新的口音

房子里没有人声
躯壳没有了灵魂
矿上走出的孩子再也找不到乡音

等火车

远处传来一声汽笛
一列火车即将驶来
我等着黑色的车体喷出蒸汽
从我面前轰隆隆离去

枕木腐烂蜕变成钢筋铁骨
铁轨生锈不再光可鉴人
所有的石子依然严阵以待
那列火车还是没有来

我大着胆子坐在铁道上
道砟上长满了草
整齐的队列伸向远方
仿佛时间有了刻度

儿童社交生活

两个刚刚相识一小时的人难舍难分,
地点在游乐场门口。
双方总会约好再次见面的时间,
但是没有一次成功。
刚开始女儿总追问为什么,
慢慢就习以为常:
"今天我们玩得很开心,
如果有下次,肯定会玩得更开心,
但是我们不会再见了。"
说话时脸上的平静,
让我自愧不如。
眼睛,望着拥挤的人群。

月光曲

我白天写诗
晚上做梦
月光倾泻进窗子
有时候将我淹没

我在梦里呛水
然后惊醒
把所有的灯都打开
提起笔

屋子里一片光明
不知道是夜晚的诗
还是白天的梦

大雨前后

天空至暗处藏着波涛
每个房子都像小小的方舟
我什么都做不了，除了
点起一盏灯

而雨后弧光温柔
仿佛一座崭新的城市
从湿润的大地上
刚刚长出来

止痛片

每次牙疼
都觉得自己老了
生活中所有事物
一齐没了滋味

红肿，高烧，隐隐作痛
我承认我是怯懦的
对于人生不可避免的部分
变得知晓并且顺从

如果心中还有些许不安
就吃一片止痛片
用舌尖上的苦
遮蔽颌骨上的疼

辅助线

人生免不了难解之题
于是在虚拟中延伸出另一种虚拟
用空白去填补另一段空白

为了证明抽象的线确乎存在
它们彼此纠缠　紧绷
拨一下　很疼

多年以后

衰老会让人更加宽容
对曾经的伤痛
和皮肤上的褶皱
被时光弹去的记忆
和越来越多的白发
以及肩周炎
以及你
都是我身体里的病灶
在雨后的黄昏
隐隐作痛

野草的花园

所谓的荒芜
是一场反击战
野草用气味的盛宴
来昭告这次胜利

仿佛回到多年以前
我看管一垄渠水
路边的草高过头顶
天地间只有植物炽烈的喧嚣
和一个孩子不知所措的宁静

气味不能储存
记忆却偷偷结籽
这是中秋过后的第三天
谁把封存的童年
缓缓摇落
与今夜的露水
将秋色平分

观音堂

上山之前
我清空了衣袖
想从满山的竹林里
带回一些清冽的风

迪拜理发馆

有时候骑车
下雪的日子徒步
每天沿着同一条路
寻找不同的想象和幸福
就像今天我十分羡慕
写下这排红色印刷体的店主
仿佛窄小的门脸里随时
会走出一个阿拉伯人

偏爱

众多的树里我偏爱最高那棵
由它独占更多的积雪、更高处的风
夏天投下最浓密的阴影

所有的颜色里我偏爱白色
如屋顶的冰霜和锅子里的盐巴
都是不可替代的人间滋味

所有的人里我偏爱自己的女儿
拥有和我一样的眼神、耳郭
幻想她去过我没有经历的生活

虚度了这么多光阴,仍不知我为何物
当我说出偏爱,我就在它们之中

一只桃子或其他

粉嫩多汁的果肉
本来就是要腐烂的
坚硬的内核
才有意义

我这样说的时候
一只过度成熟的桃子
长出褐色的斑块
一边腐烂
一边发出诱人的香气

第四辑　回放

麦田

田垄里的麦子总是新的
明年是另外一茬
而去年辛苦拔去的野草
转年又在田里复活

在田地里劳作的人
似乎从来没有离开过
仿佛戴着草帽的西西弗斯
用双手推动着下一轮返青

微辣

中国古代,调味有盐与梅
盐味咸,梅味酸
咸了加一点儿酸
淡了也加一点儿酸

据说治国如调味
盐、梅就是贤才
厨房里的盐罐醋瓶
都一下子端庄了起来

然而我庆幸我有
撒一把辣椒的自由
做一锅不那么端庄的菜
龇牙咧嘴地享用

老姨

院子空了,有一种
度日如年的安静
人少了,房间反而
格外狭小

老姨的家里
孩子都不在身边
突发的疾病
才引来探望的亲人

她的右边身体
完全没有了知觉
无法控制的那部分
像住进一个陌生人

而她的左手拉着右手
不停地捏握抚触
好像拉着恋人
期待着不可能的回应

她毫无颓丧伤心

咬着半边牙齿,说东说西
我想留点儿什么,老姨说
没人说话,不如留一筐声音

开放式办公

每个人会看到我
我看到每一个人
对于可能出现的未知来客
我预计了好几种可能

无意做一个窥探者
也无法拒绝贸然入侵
我还可以低下头
任目光越过头顶

药师柜

柜子上有多少个抽屉我数不清
里边装满人间的苦
每一种你都尝过

柜台上的小秤如此精准
可你总说,生命不能拿来称重
不断被装满
又不断被取用
炮制药材就是炮制人生

并非所有的病痛都能医治
尤其是自己的
有一天你像一把草药一样干枯
退还了身体中多余的水分

我就在褪色的药师柜上
写满你的名字

中药罐

好几年不用
中药味依然浓郁
文火慢煮的日子里
熬干了几十年的光阴

处方笺发黄变脆
字迹无从辨认
谁会知道哪一笔是骄傲
哪一笔是伤心

最后一次使用瓦罐
就让它吐尽所有的苦水
装满的
是生命的残渣

鼓山下

大地没有起点,但是有边界
在老家,向西看见最远的地方就是鼓山
多少个清晨,我背着书包向着鼓山走
却没有一次穿越它

鼓山替我阻挡了许多事物
比如浑圆的落日和过量的雪
晴天时切近,起雾时隐身
仿佛世界也随之变换着尺度

在看不见鼓山的时候
巨大的远方并没有停止召唤
有时我看见一块流浪的石头
也会动了恻隐之心

回放

那一天应当是有风的
但是周围的背景如此模糊
使她至今无法确定
风的走向

那一天母亲是要带她走的
她哭喊着扑过去
顺势被抱上自行车横梁
是父亲的呵斥让母亲放手
独自沿着被撕裂的道路前行

如果她的哭声让母亲
更柔软一点儿呢,如果她
紧紧抓住车把,像院里的
葡萄藤、豆角蔓、南瓜秧
和她见过的所有纤细
又柔韧的事物,紧紧抓住
命运中尚不确定的部分
也许母亲就会带走她
也许她会把母亲带回家

夜晚，某一个瞬间

习惯了睡觉时拉着女儿的手。
什么时候那娇小的一只，
逐渐超出了掌心的负荷。
这是一件多么奇妙的事，
她曾经与你合而为一。
两颗心脏一齐跳动，
像大海相汇处交错的潮汐。
如今我的手臂已经不能
替她承担整个夜晚的重量。
月光下她鼻息均匀，
深深陷入睡眠。
在一个平行的梦境，
常青的月桂树舒展着臂膀。

为一条河命名

白鹿温泉下有一条河
地图上没有显示
当地人一定有办法称呼它
而我无从得知

想想老家也有这样的河
我们从河中取水,在岸边开荒
看它翻起白色的水花
在季节中一闪而过

你无法忘记这样一条河:
雨季涨满,旱季干涸
然后在断断续续的流浪中
交出了自己的乳名

消费时代

玩具店贩卖童年
鲜花店贩卖感情
服装店贩卖美丽
药品店贩卖健康

每一次刷卡的动作
都让我产生错觉
我确实毫不费力
就拥有了一切

目送

第一天准备了书包、课本、铅笔盒
第二天准备了鞋套、彩笔、姓名贴
第三天准备午休的抱枕、吃饭的餐垫
然后看着她背着鼓囊囊的阳光
独自走进校门

远远跟随了一段
那个队列里最乖巧的身影
在我离开之前
已经被规训

北风

当北风刮过三遍,院子里落了雪
我和妈妈躲进小厨房烤地瓜
用勺子煎荷包蛋
一遍遍讲同一个故事,主人公的名字
我每次都说错,炉子上永远温着一壶水
我把小手伸在不远不近的地方

那时我对世界的稳固性深信不疑
就像我确定不管北风怎么吹
爷爷就住在南边的院子里
现在只有梦中他才在原处等我
又因为一再回到现实
醒来后泪流满面

卧佛山

久雨初晴,
蓝天絮出足够的云。
透过一扇窗户我辨认世界。

清新的空气缩短了一些事物的距离:
西边的卧佛山横空出现。
一匹灰蓝色的马跨过楼宇,
走向我。

生活有时候自带光晕,
时间在微寒的阳光下,
也发生了偏折。

剥离

中秋回家,妈妈告诉我
村里的水浇地全部流转出去了
以前一年两季的小麦和玉米
现在全部种高粱

忽然有种被遗弃的感觉
从此我只能在城市流浪
像村子里走丢的那些鸡鸭和骡马
孤独地奔跑在陌生的月光下

立冬日，大雪

只有俯瞰的角度
能注意到那些松树
健壮的枝条被暴雪压制
随时准备反击

池水绿汪汪地荡漾
还没来得及变成冰
一个孩子欢笑着跑过去
冷空气里刮起温暖的旋涡

远山的石头仍有白日的余温
连夜就被积雪覆盖
这一天我向着雪山祝祷
我的内心永远洁白

银杏

事物间有奇妙的关联
看到银杏,就想起《文心雕龙》
一棵跨越众多朝代的古老生命
一颗不甘囿于平庸的心

我在相距千里的邻省
每天用短暂的时间清点银杏
远处的山峦藏着钟声
年轻的树木开始练习禅定

冬天离我只有八棵行道树的距离
秋风一如往年平铺直叙
八部著作刚刚打开
还没有人来给它们取名字

歪子叔

歪子是我堂叔,貌丑无妻
幼时父亲早逝,母亲改嫁
无人托付,被爷爷收在膝下
成年后家事不顺,对爷爷心生怨怼
外出不归,打架斗殴
被人伤于脑后
染破伤风而亡

关于他的故事,我都是听说的:
比如幼年被热油烫伤,嘴脸歪斜
比如本性纯良,爷爷管教严厉
在矿上寻一份工作,生活无虞
比如多年后他母亲回来,打着亲情的名义
挑拨是非,终酿成悲剧

他葬在旧宅西边
迁村后这儿成了一片菜地
母亲每次都指着长满南瓜秧的地头说
你歪叔就埋在那里
他活着时对你很好

他无儿无女,我将成为

时间书

最后一个知道他的后辈,虽然
我连他的名字都不知道

只记得一天他在集上给我买了吃食
扶我坐在自行车后座
面容模糊,语气可亲
像一个温柔的影子

第五辑　小唱

小唱

每个肆意欢笑的人背后
都有一个孤独委屈的影子

我不经意地沉默时
正与之相谈甚欢

时间线

十一点五十九分五十九秒
还在刷微信
忽然系统把所有进行中的聊天记录
统一标记成昨天
就像有人急巴巴地
把我从这一天驱离

爬山

有一次我吵着要爬山
爸爸就抱我到了矿口
在乌黑又陡峭的矸石山上
象征性地走了几步

真是无聊,快回去吧
锥形的山上寸草不生
一辆小车沿着轨道爬上去
在最高的顶点突然翻转

假妈妈

她怀疑我是假的
在几分钟的离开之后
面对一次次的诘问
我没有了招架之力
"如果你是真妈妈,
有什么办法证明?
如果你是假妈妈,
真妈妈去哪儿了?"
天真的闪念推动着
一个无解的悖论

假妈妈还得继续领她
在商场购物和娱乐
对她的一些要求
我依然会拒绝
"我知道你是真妈妈!
我妈妈总是这样说。
假妈妈为了伪装自己,
肯定不会拒绝我。"

我们约定了一个暗号
以防这种情况再次发生

我每天穿的衣服
必须随时告诉孩子
"如果早上我没有睡醒,
你就留下一张字条。
要给你拍张照片,
清晰到每条皱纹。"
为了防止有人偷听
暗号还必须定期更换

胶片

小时候的拍照底片
头发是白的
脸是黑的
世界被反转
且缩小了无数倍

这个是爸爸
这个是妈妈
还有拉风的 50 摩托
等待着一剂显影液
给过去上色

那张看不清面目的小脸啊
一定是欢乐的
当它们连成一串时
隐秘的东西开始流动了

奇怪的知识又增加了

朋友拉我进一个鲜花团购群,
于是发现了自己的无知:
百合可以不叫百合,
叫铁炮、紫帝、罗宾娜。
玫瑰原来不叫玫瑰,
叫洛神、雪山、卡罗拉。
原来树枝也可以插在花瓶里,
棉花也可以用来装饰。

棉花开花,而且是会变色的,
从干裂的棉桃里吐出的,
其实是棉花的种子。
我见过那深浅不一的花朵,
也曾和大人一起摘棉花。
当棉花堆成小山,
我就仰面躺了上去。
在拥有好多棉花的同时,
还拥有整个天空。
那时我是多么富有,
这个他们肯定不知道。

新年祝福

大雪降下，一切都是新的
道路在脚印里
重新长出来
新铺开的稿纸等待
一些字句落下来

亲爱的朋友
也祝福你
时间把过多的甜酿成酒
愿你耽于生活的幸福
无暇写诗

喇叭

窗子打开
就有批发市场那味儿了
开始是裤子一百两条
后来是外套五十九两件
最后一天下午
全是九块九　九块九
无限循环

同时还放着强劲的背景音乐
歌词大意如下：
快来买，快来买
卖完就可以过年了

拟挽歌

把柔软的部分还给泥土
坚硬的部分还给石头
时间跌下悬崖
肉身限期返还

大地上新的隆起
在春天长满青草
像小兽找回丢失已久的皮毛

春天到了
希望有一些脚步走向我
我躲在最热闹的地方
却不说话

练习

随着亲人的离去
我们一次次练习死亡
也在新的降生中
再一次返回童真

带着与生俱来的瑕疵
确证了彼此的身份
是的,我不完美
于是宽宥了自己
也宽宥了他人

矿工

我们是离矿最近的村子之一
父亲在清晨、中午或者夜里
其中一个时刻
走进乌黑的矿口
触摸大地的脉搏
黑的血液驱动一列列火车
从附近田地里穿过

洗去了周身的粉尘
矿工的皮肤总是过于白皙
好像所有的黑暗都不忍心
在此留下痕迹
据说所有能量都源自太阳
当他们在远古的阳光里穿行
也有一些光芒
每天把村庄照亮

地上和地下

地下有金子,也有暗流
有一条长长的路
和太阳底下的路重合

在地下赶路,在地下爬坡
用各种尖锐的工具
去撬开坚硬的生活

地下的井向上高耸
接纳经过的风
地上的井向下延伸
留住经过的河

地下的路越走越远
黑暗中把一些村庄穿过
一名矿工在地下弯着腰
影子也和地上的重合

天长镇

找一个雨水充沛的季节,
跨过慢慢涨起的绵河。
有坚硬的事物重新回到水中,
还有一些则顺流而下。
空气中饱含水分,
城墙上的荒草更浓了。
天长镇,总有一些仰望之物
被时间击败。
除了天空,
什么都免不了坍塌。
人世无情,却又忍不住
用一汪清水将它拥抱。
不管我们是否同意,
旧的上面生出新的。

最后告别

一个人的离开
真的没有什么
无非是皱皱的面孔少了一张
南墙根下的影子少了一个
无非是哭泣后继续生活
清明的纸钱多带上一包
麦田尽头的土堆多了一座

面对喧嚣的人群
一个孩子好奇地四处张望
母亲很快带他离开
并且不允许问为什么

如果有一天

记忆是一个衣箱
总得丢下旧的
装进新的

眼前的事记不住
过去的人忘不掉
幸好一些往事
值得选一个好天气
慢慢晾晒

称重

如果每天早上
坚持称重
按照身体的代谢频率
七年之后,即使体重没变
站在体重秤上的
也是另外一个自己

睡眠诗

睡眠是一次暂时的死亡
两个相爱的人相拥而眠
使一切幸福到达顶点

如果一个人醒了
另一个人还睡着
听着他在梦里
咯咯地笑出声来
你搂着腰肢
亲吻无动于衷的额头
有一种孤独
恍如隔世

穿衣服

早上帮女儿穿衣服
去年的衣服又短了一截
一边忙活一边说着话：
妈妈老了，你也会帮助我吗

等你老了
我也帮你穿衣服
就像你帮我一样
一边穿一边说
不是裤子变短了
是妈妈长高了

贺卡

女儿给我做了一张贺卡,
说不知道写什么。
"只要你心里想的都可以!"
最后她认真地写下:
希望你——
不要老。

记事本

合上记事本后
记录最后一个事实:
所有记下的东西
都是为了忘记

教女儿下象棋

一阵厮杀之后
将军再次被擒
她摇着脑袋不肯认输:
游戏必须继续
我的小兵还可以独自战斗

施工

女儿的积木搭到了客厅
家里人一致抗议:
请马上解决交通阻塞问题

于是拿来一张纸,
让我帮忙写这几个字:
正在施工,请绕行

水鲜城雪景

那是一个没有雪的季节

水鲜城的工人整理了冷库
把清出的冰霜堆在
一棵棵行道树下

一个路人诧异地停下车
在树下拍照

倒刺

温柔的肉身
如何生出尖锐之物
而这新鲜的刺
只会把自己弄伤

第六辑　时间书

彩虹

一场大雨过后
白灰墙上的颜料又剥落了一些
天际有成片的金属光泽
一道彩虹悬挂着
这是我的老家
房子和树一起静默
不能上班，不能上学
不能种菜，米和面涨了价
母亲什么也没和我说起
直到这一天把这张彩虹的照片发给我
仿佛生活中并没有什么可以担忧

瓶子

女人用瓶子插满鲜花
男人用瓶子装酒
这件费心烧制的器皿
容量仅大于愉悦
当人们有了多余的
时间和材料来浪费
生活就美好起来
这时我们还年轻
还习惯于四处寻找
喜欢用新鲜的岁月
一遍遍敲打身体中的铁

混合

我们混合一些事物
并视之为创造
麦片、牛奶加水果
就是清晨
电脑、眼镜加水杯
就是工作日
混合一些数字
作为某种象征
混合一些文字
创造从没见过的句子

而最惊险的
莫过于混合相反的事物
比如食欲和减肥欲
最雅驯和最倔强
最精于计算的工作和最浪漫不羁的心
比如男人和女人
爱情和羁绊
而你
不知道会创造出什么

抒情似累赘

西小屯的老茂舅舅走后
附近的居民再没有炸麻糖吃了
在此之前,小市场上
卖豆沫的,卖杂货的,开母婴店的,做小火锅的
逐一消失
废弃的平房推倒一座
瓦砾就永远躺在那儿
每年的清明节和中元节
回家的活人不比亡灵更多
只有减法,没有加法
衰老的小镇留不住
一点儿多余的东西
抒情也似累赘

潮汐预警

提示：
中秋假期期间
市内各大街道将出现
潮汐现象

先是慢慢涨潮
然后是短暂的平静
最后是回归的高峰
车流量构成 M 形曲线

M 形的两头
是车辆的定向密集流动
M 形的低谷
是一轮月亮
是一个怀抱
或者说各自的故乡

传送门

十分钟一班的公交
如今减少到一天两趟
那头的城市极速奔跑
这头的村子就越来越远
每晚村口的直播
又连起更远的城市
当我在异乡
看他们声嘶力竭
在小小的屏幕里歌舞狂欢
那么近
又那么遥远

等高线

摆动的波线是山脊
也是山谷
重叠的环线是高峰
也是洼地

灯光从你的背后经过
叠摞起我们的投影
就像标着数字的等高线
封闭　且隔着永恒的高程

时间书

离开小镇的时间
比生活在那儿的更长
曾经关系很好的小学同学
现在连名字都忘了
人的记忆短暂
感情易变,肉身
也并不坚固
时间不过一场虚空
动荡的大海里堆满泡沫

一群人在赶路

清晨的大街上
一群人在急急赶路——
奔驰的车阵像候鸟迁徙
横穿一条马路类似于大江截留

他们争先恐后,互不相让
好像着急离开
但明天他们还会出现在这里
在同样的大街上

有一个人参透了其中的奥秘
别人蜂拥向前
他就后退一步

造一座房子

造一座房子,足够坚固
尘世的风吹过,屋顶的炊烟轻轻摇晃

房前的小路不断分叉,我从这里出发
天地越来越宽阔,房子越变越老

一座房子,夜晚不再提供灯光
在时间的盈缩中几乎长出心跳

只要我的双脚站在路上
故乡的血就一泵一泵地向着我流

八岁半

孩子们白天奔跑,呼喊,嬉闹
晚上偷偷长高
女儿的个头儿高过了我的肩膀
我一点儿也不知道

她不是个小孩子了
常常把我问得哑口无言
她还是个小孩子啊
健硕的身体向我扑来
吵着要抱抱

三个梦

爷爷走后我做了一个梦,
在那里他言语行动一如往常。
那场面是如此真实,
仿佛不久前的葬礼才是一场噩梦。

第二次梦中已明白只是幻境,
我在一旁悄悄压制心中的悲痛。
我号啕大哭,却哭不出声。
生怕反常的举动将他惊扰。

第三个梦里爷爷一反常态,
他手舞足蹈,大笑扬长而去。
当天弟弟打电话让我回老家,
爷爷走了正好三年。

老村旧事

拥有房子第一步不是攒钱
（那时人们没处挣钱）
而是先从河滩上捡石头
足够的石头用黄泥和稻草
去堆砌

但不是所有人都舍得下这些力气
只有老帽夫妇每天背着背篓
一趟趟往河滩上跑
顶着太阳流着汗

这是最朴素的房子，最纯粹的房子
从渴望中生出的房子
有了它，所有的念想有了容身之处
所有的日子都昂起了头

所以老帽媳妇哭了
当婆婆占了这房子给小叔子
她那么大的力气一下子没有了

这世上所有悲伤加在一起也不过如此吧

那天她躺在河滩上
天上的星星比地上的石头还稠密
压得人抬不起头

致我的爷爷

我想象中的故乡有一场丰饶的大雪
你的蓝色中山装和毛线围巾
是我记忆中的样子

你微笑,目光里含有一眼清泉
洗去我内心丛生的慌乱

太阳东升西落,我们的日子岁岁年年
你教会我平凡,但要活得姿势优美

高中明,这名字是多么适合你
每个字都庄重而响亮

而今这名字空了,遗落在一块石头上
在一片庄稼地里,在满是露水的夜里

时间书

路痴

我的老家很大,骑自行车跑啊跑
也看不到它的边界

我的老家那么富有,田里反复长出
香甜的果实,一百年也不会出错

可是我的老家在哪儿,我说不出来
我是一个路痴
在城市里迷了路

一条路在地上扎下根
就会分蘖出无数方向

一个人卸下无数个分身
还是找不到自己

大明湖

上学时没在大明湖坐过船
因为觉得船票太贵
但是我们有大把时间
绕着长长的湖岸慢慢走
春天的时候
秋天的时候
起风的时候
落雪的时候
走过一遍又一遍

多年后故地重游
大明湖游人如织
我在湖边默默地想念
想念它春天的样子
秋天的样子
起风的样子
落雪的样子
然后乘上一艘快艇
像个真正的游客

送别

离愁别绪，专属于古人
而我们总受惑于
来日方长
毕业你送我走时
只觉得又开启了一个
漫长的假期
济南到石家庄不远
四个小时的大巴
电话与微信随时沟通
可还是没有常联系
十周年的同学聚会
你没时间参加
你到我的城市出差
也没有机会相聚
曾经朝夕相处的回忆
慢慢变得模糊
有时开始相信
车站的那次送别，恐怕
就是今生最后一次见面了
我现在就可以给你发信息
可是，说什么呢

三年

三年前刚上中学的孩子
现在已经初三了
三年前谈恋爱的美女
即将步入婚姻
三年了,我依然站在这里
面前是熟悉的街景
一动不动的房屋
甚至那几栋在建的高楼
依旧没有完工

阳光

阳光离开我的窗子,所有的东西一起暗淡
内心忽然有一股强烈的冲动
想追着它飞奔而去

我知道太阳从不休息
只是去照耀别的地方

而我深陷于这座城市,吃没有根的食物
吹着高楼间夹道的风
我已经没有勇气
去当一个逐日的英雄

阳光又回来了,窗前的树枝被照亮
我注意到有一片叶子已经发黄

纷纷

风吹过
树叶纷纷飘落
鸟儿纷纷归巢
雨滴纷纷落下
庄稼在一阵起伏之后恢复平静
墙缝里细小的虫豸开始
缓缓挪动
脚步丈量着一个个平平无奇的日子

纷纷　是活着的姿势
像极了父亲们在一片黄土中
奔赴不已

泥土的旅行

这个紫黑色的茄子
圆润的茄子
沾染着故乡的泥土

爷爷在菜畦里挑选大个儿的留下茄种
它扎根这泥土很多年了

高处被风刮走
低处被水淹没
这些泥土不如跟随茄子

不然即使向北
也不会当天就到达

不管是怎样去旅行
出发后就再也回不到家

太行

太行山尾的大青石
巨大而坚硬
可以造成石头台阶、石头房子
石头碑刻上写满了前世的密语

再锋利的铁也无法和石头抗衡
这条街上好几个石匠
他们的任务只是寻找
隐藏在石头内部的东西

能够击穿石头的只有水
能够压断石头的只有时间
时间和流水一旦产生
再坚硬的石头也必须让道

一块石头可能就是一座山
露出地面的部分也许早被消耗完了
湿润的泥土仍然抓住
它庞大的根

磁州窑

有的石头一层层生长
好似天然的石磬
有的石头致密通透
敲击有木鱼之声

我的老家,两座石峰对峙
像两面石鼓被山风击打
一旦这神钲被奏响
千军万马将闻声而动

而陶瓷是人造的石头
每一次开窑都是一次石破天惊
大小器物都在自身的虚空中
隐隐发出轰鸣

传说

河滩里有滚动的小石头
西山是静默的大一点儿的石头

我见过最大的石头是故乡的夜空
爷爷说那是一块青石板上钉着银钉

如果坐在河滩上看天
耳边就会听到一片叮叮当当的声音

女娲

天空肯定是石头做的
女娲补天就是用小的石头补缀大的石头

太行山就是女娲山
山里的每一块石头都和天空有缘

石头融化成天空,河水幻化成云烟
太行山用整个身躯和上苍对望

真好啊,这么多年过去了
天空依然牢固
可我知道太行山的最下面
还暗藏着滚动的岩浆

大顶盘

西山像两道大门
封住了人们的去路

回头吧
华北平原到这里结束
可是固执的人们还要
跟石头要一条路

借着水势穿过太行山
不失为一个聪明的办法
或者把鼓山最薄的垭口凿穿

想到了办法,就抓紧去做
太行山脚下都是愚公的子孙

他们倔强,又充满力气
挑着担子走上山顶
其中一个是我母亲的父亲

时间书

石头也在生长

地里的庄稼在生长
山上的石头也在生长

一座山如何从海里长出来
是人类无法想象的漫长

森林变成煤炭,鱼儿变成化石
年轻的佛陀在山间发着光

这里是太行山的余脉
山脚下的泉水不停流淌

讲故事的人换了一代又一代
新的故事仍在生长

响堂

把石头剥落成佛的模样
就有参拜的必要

蒙您看顾这众生与尘世
来人双手合十

破旧的佛塔托起前世的骨殖
顽石一样坚硬

荒凉啊,繁华啊
终究会被风吹走
只有不变的问询还在石窟里回响

谁能在短短的路途中
修炼石头一样坚硬的心

大禹

把雨水运到大海
是一项巨大的工程
我所在的平原,每一处
都曾被大河踏平
沿岸的尘土被举起又放下
在弯曲的海岸线前堆成巨大的扇形
许多东西遗失了
可以从泥沙中寻找
如果世间有轮回
必然是不息的河水在推动
手持耒耜的人重复着相似的命运
在一个多雨的季节
整个北方的水都在寻找一个出口
人们的目光都向着最高处探求
在那里,有一个人的背影站成一座山峰

社栎树

没用,是一个
无所不能的巧匠
面对一棵参天大树的犹豫
可是谁有资格去评判

多么好的树啊
高大的绿色山峰
每一个在树下的人都如同
走进一座敞开的庙宇

"我作为木匠的技艺已经趋于顶峰
但是我不能用这样的枝干
造出比它自身更完美的东西"

大树遮天蔽日,没有人注意到
一个人头也不回地离开了
他的弟子抱着斧子
在身后紧紧跟随

中元节抒怀

不要在深夜出门
不要随便呼唤别人的名字
不要在无人的街口应声回头

有些事情你明知道不是真的
不知是什么原因
还是心甘情愿地遵守

此时天气舒爽,适合远行
有人在路边生起一团火焰
等待远行的人前来认领

假使你说的都是真的吧
为什么凉风没有带来故人的消息
为什么月亮光辉像一面明镜
却没有一缕光照进我的梦中

上班路上

单位换过一次地址
每天早上担心抬脚就走到原先的地方
胜利大街修路,心想换个路线走吧
可不知不觉就到了原来的路口

走顺的路似乎毫不费力
我的双腿自己就会转向
脑袋完全放空
可以做二十分钟自由的人

大地上的道路彼此相连
年轻的时候觉得只要上了路
就可以走到任何想去的地方

如今每天只走一条路
反反复复
从天明走到天黑

小别离

好玩的事情太多,晚上总不愿意上床
早起上班后
留下一个小懒虫继续睡觉

有时候她早早醒了
见我要走就撇撇嘴
撇撇嘴,就没事了
长大了真是好啊

她再小一些的时候
必然会大哭一场
小孩子眼中所有的分离都一样悲伤

每天早上我都希望她别醒
临走时我过去看一眼
睡着,就放心走了

一次忘拿东西,折回去
听到她在轻轻哭泣
原来她其实是醒了的
只是不愿意留给我
等量的悲伤

植物之诗

大地上长出的许多植物
有人采下它们的果实
有人采下它们的叶子
它们的根茎,它们的花

作为一个诗人
我采下它们的名字

植物和饲养它的土地一样古老
又比初升的太阳更年轻
即使是春生秋死
每棵草木都有一个代代相传的名字
等待与它相认

这些从土壤中长出的名字
微不足道的名字
放在一起就是诗

时间书

石家庄

假期总得抽空回老家
只要离开一段时间
孩子就会说:
我想石家庄了

这个城市不比别的地方更美
我们活动的范围又只是
石家庄里很小的区域
单位、学校、家,还有附近的商业综合体
她想念的到底是哪里

"我是在石家庄生的
你有你的老家,
这就是我的老家"

——是啊,孩子说得不错
石家庄有它的美
就像世上所有地方一样

尤其是经过了一些时日的分离
熟悉的事物叠加起沉沉的思念

石家庄这个老朋友
使一个九岁的孩子心中
产生了小小的乡愁

小沙漠

清晨踩过洁白的沙滩
中午变成一个小小的沙漠
大海里的波涛再汹涌
也浇不灭沙子里隐藏的火

如果视角不断缩小
沙漠逐渐变得浩瀚
一只幼蟹是这里最大的勇士
摇晃着小小的螯
向大海走去

此刻来自大海深处的潮汐一层层迭起
逐渐与它汇合
像命运传来的回音
既不能强迫
也不能催促

沙滩上的新世界

先是建造房子
一座城堡不够,就再造一座
又建造了长长的城墙
围起来的地方,就是一个城市

在这片沙滩上
女儿就是小小的造物
对于眼前的作品还不满足

最后在城市旁边
挖了一个新的大海
整个下午,她用小桶不停取水
都没能填满它

孤独图书馆

孤独是清醒的子夜
眼睛被窗外一百瓦的月光灼伤
而白天总是热烈的
内心装满了庸俗的愿望

能买到的孤独只是一个模型
一部分贴在朋友圈
一部分贴在冰箱上

我确实在这里读了书
——如果有些事情注定不能完成
那就换个方向

虫声

夏天的夜晚
悠长或短促的虫鸣
女儿问起虫儿的种类
我却无法回答

类似于在老家时的那种窘迫
院子里都是熟悉的面孔
我就是想不起是哪家的亲戚

但是乡音总是让人亲切
儿时土院里都是沾着露水的虫声
至今仍在我的耳边共鸣

果树

一棵树需要的无非是种子
可它却费尽力气制造了果实

就像一个人吃饱喝足以后
又醉心于写诗

我常常自问为什么写诗
却没人奇怪树上为什么结果子

为了在秋天跌落然后腐烂吗
为了喂养不相干的鸟兽吗

也许有一天我会像果树一样笃定
总有人咀嚼这些苦涩的文字
总有一些文字中结出一两颗种子
总有一块土地最终收留它们

风筝

傍晚的滹沱河边,一群人在放风筝
孩子们一个个兴高采烈,仰起笑脸望着天空

暖风把人们吹到郊外
也带回了花和树叶,以及水面细微的波动

所有风筝一起用力,把天空越推越高
更顽皮的则越变越小,像一个黑点消失在白云
　　上头

现在已是黄昏,风吹得更猛烈
白天过后必是黑夜,时间的齿轮转动

我放飞的那只,已经飞到了天空背面
但我没有引线,我两手空空

时间书

中元节致我的爷爷

作为家里的女孩儿
我没有祭奠的权利
想念你的时候
我不知道怎么办

我是女孩儿,意味着
死后要埋进别人家的墓地
一种更遥远的孤独瞬间把我侵袭

我的女儿会忘记你的名字
就像我不知道你的父亲叫什么
这是多么让人沮丧啊

我是"没用"的孙女
对着一座想象的坟茔
写下文字又烧毁
过一年算一年

躯壳

许多年前我们曾共用一个躯壳
母亲、女儿和我

我们在不同的时间从同一个本体分离
像一支开拔的队伍
朝着同一个方向前行

一支队伍,不会只有三个人
但是我的目光短直
看不到转弯后的情景

在我们共用的时间里
母亲牵着我,我牵着女儿
三个人的影子慢慢叠摞在一起
像有人在时光中隐去了自己

区分

短促或悠长的鸣叫
色彩不同的羽毛
不同形状的喙
都不足以让我区分鸟的种类

当我靠近
有的鸟似乎很镇定
另一些会惊慌逃走

我从来没有伤害过它们
而它们显然不能区分我和其他人类

济南

在小小的城池里
泉水汇成溪流,溪流汇成湖泊
小小的山峰点缀其间
缝隙里还塞满了几千年不停歇的生活

夏日的太阳酷热
泉水就更加冰冷
山水如此娟秀
养育的人却分外辽阔

夜幕降临后
灯光已漫出城几十里
有的还爬上了南部山区
与泰山只有一步之隔

山和水在不断地缩小
历山本来是一座山
后来变成一个名字
抬抬脚就可以跨过

一船明月到沧州

大鱼故欲惊人梦,跃出船头水有声。
——明·瞿祐《新桥夜泊》

一只船有着巨大的腹舱
吞下北上的稻谷、南下的盐
和卫河二百里的月光

巨鲸一样的船只汇聚成川
留下两岸的繁华和远行人的乡愁

多少轮月影被船桨击碎
多少件瓷器沉入水中

多少人从这里不断经过
变换着样貌和出身

从朗吟楼到清风楼,中间隔着几个码头
一只船靠了岸,抬脚走进的是唐宋还是元明

朗吟楼

时当凤历三秋后,人到鲸川八景中。
————明·瞿祐《至长芦》

运河有自己的速度和频率。
你可以用时间换算距离,
用丝帛换算稻米,
用号子声的高低换算滩流缓急。

两岸有数不尽的繁华。
河水是流动的时间轴,
悄悄计算不断消失的东西。

曾经繁忙的河道,
几只游船悠闲地漂过,
仿佛这运河也历尽沉浮,
有了归隐之意。

灯火亮起的地方,
又是一番热闹的景象,
散去的人群再次聚集。

时间书

那年明月下有我的前身,
我正在朗吟楼上,
听时间落水的回音。

南川楼

人物忽喧哗,临流见市廛。
　　　　　——明·瞿祐《过良店》

一个渡口,一座南川楼
在楼前的河心取水
才能酿成最清冽的沧酒

在南川楼沽酒,可以获赠一朵浮云
一只鸟因为飞得太快,甩掉了自己的阴影

人们在楼上饮酒,影子投在水中
人们在船上饮酒,月光落满桥头

我和南川楼有一杯酒的时差
河水中浮现倒置的镜像

南川楼一开始破碎
后来又完好如初

清风楼

晋代繁华地,如今有此楼。
　　——元·萨都剌《元统乙亥余录囚至沧州
　　坐清风楼》

一次登楼就是一次怀古
仿佛过去总是更加繁华

怀古时楼已经不在了
而清风是不限量的

一座楼足以铭记一个人
萨都剌,是你的诗留住了清风楼
还是清风楼留住了你的美名

多么好的黄昏
夕阳擦着屋檐缓缓落下
楼台变成一幅剪影
分不清新与旧,古与今

诗经村

行迈靡靡,中心摇摇。
——《诗经·王风·黍离》

这个村子没有什么不同
也种植玉米、棉花、小麦
有新的或旧的房子
住着老人和大点儿、小点儿的娃娃

别的村子也会有书
但不会收藏四万册同一种书
像一粒火种点燃四万个分身
不会把一本书作为自己的名字
像从最初的故事里继承了一种使命

历史有时也会恶浪滔天
两千年前,毛亨逃到河间
像一只受惊的大雁躲藏进草泽之中
他没有携带一点儿书卷
却把自己活成一部史诗

毛苌在此地开馆授书
也在一本书里用尽了一生

时间书

诗经村旁草木葱茏
破旧的红砖房尽头
是毛苌的坟冢,几块残碑
立在了整个中国诗歌史的扉页

在这里,《诗经》有活的版本
河间歌诗,在这里代代相传
当他们齐声唱起古人的歌谣
质朴的脸庞上有别样的光晕

捷地减河

丰碑卓立运河东,绿曳重杨两岸风。
——清·季瑞麒《捷地观闸》

减河,这个过于直接的名字
其实是一个统称,称谓里
包含着它的功用,减河
就是指分洪的水利工程

我眼前的这条,全名叫作捷地减河
明代开挖,清代疏浚
用一段古河道、一座分洪闸
为南运河做减法

减去的是汹涌之势
留下了百里通航
减去的是荒碱之地
留下了两岸杨柳

有了减河,长芦盐直达京城
有了减河,运河水连通渤海
洪灾泛滥的"绝地"化身为"太平门"
留下事在人为的佳话

时间书

捷地没有辜负一块石头
古老的堤坝始终保持坚硬的弧度

时间像旋涡卷起又散开
老船工的号子拖着长长的尾音

面花

正月十五蒸麦垛,八月十五蒸兔爷,
姑娘出嫁蒸枣糕,老人庆寿蒸寿桃。
——黄骅俗语

旱碱地的麦子是硬质小麦
像种麦的人一样倔强、顽强
做成了面花,也比别处多些筋骨

在这贫瘠的土地上,麦子是多么珍贵
人们把它放在手掌最柔软的位置
比把玩一件玉器还要耗时和用心

一斤老肥十斤面,
一双巧手,精巧的模具
召唤出鲤鱼、寿桃、石榴、元宝……

最后一步是"打点",有了一点儿红色
每一个吉祥的图案都有了灵魂

黄骅人亲切地把它们叫作"花儿"
在他们心中,这个字眼基本上和"美"同义

寒鸟图

它飞起来的时候翅膀一动不动
肉身轻盈,可以忽略不计

它休息的时候收回一条细细的腿
好像系在石头上的一朵云

想到被万千绒羽簇拥的温暖
我也渴望一双翅膀以藏匿头颅

当我努力收缩自己
世界仿佛空无一物

轻盈

当我长久地凝视同一个方向
身体中僵硬的部分就开始发难
是什么连接原生的欲望和骄傲的思想
并在两者之间保留脆弱的缺口

当春风再一次拂过
我去除一切多余的遮挡和包裹
时而仰头望天,时而左顾右盼
永远无法触及的,是身后的事